ぎゃるお

青木風香

七月堂

目次

ぎゃるお 08
誤解を恐れず言うならば 12
予感 18
津村栄吉はかく語りき 20
あるメメについて 24
診察室 28
女神像 32
額縁の多い家 34
凸凹道には恋が多いの段 36
板橋区 38
ダイナちゃん 42
ミュージアム 46
顔を当てはめる 48

方舟 52
ねぎの日 56
東京特許許可局長は 58
お前風俗行くなよな 62
今年十七歳になる孝志には 64
赤いトランクを持った男 68
早稲田大学まで 72
正しい朝 74
僕はエルフ 76
Ｙの裂け目 80
見えないランド 82
ドライブに行こう 86
井出の羽衣 88

ぎゃるお

ぎゃるお

ぎゃるおは言った。

「だからおれは言ってやったわけ。それってイミフじゃん？　って」

ぎゃるおはオレンジジジュース飲んでまた言った。

ぎゃるおの唇は切れているので、コップのふちに血がついた。

「マジおれ、おれならやれるよ。大まじめ。おれならやれるもん。人ひとりくらい。マジだよ」

ぎゃるおはキリンを知らない。見たことがない。

ぎゃるおは自分が何者なのか知らない。

ぎゃるおは右耳にピアスが三つあって、それは十三歳の時に宇宙人に開けられてしまったからで、左耳にも二つあるけど、それは自分で開けた。

「おれ、うで時計がほしい。電池は入っていなくていいんだけど」

ぎゃるおの手首は細くて、大人の男にはかなわない。

ぎゃるおには「すげぇつええ兄ちゃん」がいて、ピンチの時にはぎゃるおを守る。

「だって時計って、かっけぇぇし、ほんといくつでも、おれはほしいんだけど、でも実際、時間とかおれは知りたくない。時間を知るたびに死にたくなる」

ぎゃるおは、「すげぇつええ兄ちゃん」が宇宙人の仲間であることを知っている。

ぎゃるおは七時になったら、「すげぇつええ兄ちゃん」のいる家に帰っていく。だからぎゃるおは、夕焼けチャイムが怖い。暗闇もなんか、怖い。宇宙人にさらわれたのは夜だった。

ぎゃるおは色んなものが怖くて、それがなぜかはわからないと言う。

ぎゃるおは、にぶいことの大切さを知っているから、毎日幸せ。

ぎゃるおは、けれど、いつも寂しい。

まだ暗くない八月の七時を、ぎゃるおはとぼとぼと帰っていく。白線の上をはみ出さないように、落っこちたら下は海、海、両手を広げる背中の青やかな感じ。

ぎゃるお、明日は制服着てきてね。

誤解を恐れず言うならば

三百年前私はおいちという呉服屋の看板娘で、お前は余りに隠微に毛の生えた月代に銀杏髷の浪人だった　私は簪屋の長男である新太郎というひどい面胞づらでいやらしく尻の出た男に嫁入りする晩にお前と逃げ出して池に入り沈みゆく柔らかい舟に乗って情死を試みた　お前は今際の際で誠実というこころを忘れたが私の長い髪が腕に絡まっていたので二人は溺れて死んだ　お前は二十三、私は十六ばかりだったと思われる

誤解を恐れず言うならば
髪の長いの似あってないよ
オーバーサイズのchampion
シマシマ模様のくつ下
先の、とんがった靴……

雑にしないでよ　雑にしないで
そのままを雑にしないでよね
黄色信号駆け抜ける車
お前を置いていくな
雑にしたお前は不調和で私の芸術には及ばない
私の女神はもっと正攻法なのだった
お前を雑にしちゃったら　あーなんか

お前のために強くなった私のたましいは
Mass ますたーべーしょんの餌
私風になります　風になって
お前の緑の髪に絡まって
めちゃめちゃにしたいのよ
しょうもないしょうもない
雑になったお前

タンポポの　綿毛揺れています
タンポポの　お前の調和だった

お前がお前であるということ以外、必要のない、丁寧な、恒常。雑にしない。私なら雑にしない。まったく丁寧にする。例えば、そんなふうに。

私は魔法使いなのである。私は生まれた時から、私が瓦解する時最後の一滴をするするのはお前だということを知っている。誰に教えられずとも、自然なこととして理解して、それをわかっているので、私はいつでも、及第点だった。

嘘と怒りが追いかけてくる速度がすごい時間を夜と呼ぶのであって、それ以外は、実にゆっくり、油断して歩いたりなんかしている。怒りの速度が五〇メートルを五秒とかで駆け抜けるようになった時、私は一人で、かわいそうな天鵞絨黄金も一人だった。我々が何も言わずともひしと抱き合うと怒りが横を一直線に振り向かずに通り過ぎていくのが見えてそれをお前というのだけれど、天鵞絨黄金は噛みしめるように目を瞑って「憎しみは愛と似ている……一本道……どちらも行き着く果ては同じ」とか言って、私は笑いそうになったけれど（ああ本当にその通りだ）、とか思う。

駅前の病院の先生は言った。「別人です」と
ついではいで出来たお前のテセウスの船（！）
私に見えないところでやってくれませんか
私は覆そう　船を覆して取り出した
部品を一つ一つ机の上に並べて
大きいものから順番に
角の磨り減った歯車とか、
古いほうのを入れてしまう
そうして元の姿になったお前に乗り込んで
大海原……

一万年前私は黒々と張った健康的な肌でお前を愛していた　私はすでにお前以外の男の子を五人孕んだことがあったしお前にも息子と娘が合わせて十はいたと思うがそんなことは大切ではなかった　土埃にまみれてお互いがお互いにとって偉大なる存在だった　我々は

その時世界で一番美しい二人としてあった　私はお前の後に何者も愛さないと誓ったがお前の子を産んで程なく死んだ

舞台がはねたら正しいお前を探しにいく
正解のシートはお前ではなく私が持っている
それを知らない愚かなお前の手を引いて
誰も知らない場所に行く　ふ　た　り　で
よだかのように　すでに何者でもないという
丁寧さで

ただひとことで言うならば、そういう顛末だった
それだけだった
令和元年ついに我々は結ばれる！
魔法が使えます　きっと明日には
（ペニスのような形をしたリーゼントの暴走族たちが都会の夜を一散に駆けていく　激し

いエンジン音が私のオーガズムを刺激する　私は、雑にしなかった　お前を慈しむという
こと以外、まったく雑にしなかった）

予感

雨に濡れて気がつきました
表は人通りも少なくシルエットの街を
客足も途絶え外に出ると寝息みたいな雨音が
ただもうしめやかに

この雨を知っている
この雨は高原を駆ける彼を濡らした雨　彼と彼の馬を濡らした雨である
男の髪のにおいと大地を湿らす霧のような雨が混ざってあまりにも芳醇に薫るのを私は確かに嗅いだ
――彼と彼の馬は全てを置き去りにして走った

雨はやはり甘かった
弾むような筋肉、黒くうねる体毛の一本一本、指の形まで
死ぬときに血を大地に染み込ませて芽吹かせる男を隠すようにあのとき降っていた雨の味
まで私は知っているのに
彼と彼の馬はあまりに疾く駆けたので私のたましいは追いつくことができず、男の顔を知
らないまま今日まで私は生きているのだが

キッチンから駆け出していって
抱えた赤いお鍋に雨を一欠片
以来そのスープはうちの看板メニューになったが
食べた人たちは皆、「どうしていままで忘れていたんだろう?」と不思議がった

津村栄吉はかく語りき

「さむい　ある夜だったな。何しろ山奥だから　誰も訪ねになんかこねえ。呼び鈴は付けてない。
扉が開いた時は　また風のしわざかと思ったけれど　外が静かで　玄関の方行って見てみた。大きな　熊だったよ。
なんと　言えばいいのか。俺が言葉を持っていたら　こういう時なんとでも言えるけど。
えらい大きくて　きれいとは違う。きたねえ。けれど　あの大きなからだが　俺の目の前で吹雪かれて　絵本みたいだった。なんとも　感動的だった。
俺はもう　死ぬと思った。けれど　熊をよく見ておや　と思った。熊は薬缶を抱いていた。
熊は　俺をじっと見て言った。
『おれの子じゃ』
そうかい　と俺は言った。うん。そうかい　とだけ言ったんだ。その晩　熊は俺の布団で寝た。おれの子じゃ　誰にも渡さん。かわいそうに　熊は泣いていた。俺は　抱きしめてやった。
それから熊は　俺の家に居座った。熊は　薬缶に母乳をふくませていた。俺は　目に見えることと　そこに居ることについて考えていた。
『おらのおんぼこ　寝たこせ……』
熊は　いつの間にか俺の死んだ　おっかさんそっくりになった。毎晩　俺を抱き締めた。ひどく　温かだった。熊の目を盗んで　俺は薬缶を叩き潰した。熊の一物を優しく撫でて
俺は母乳を飲んだ。
ある晩　熊は身篭った。それから小さくて　なまっ白い赤子を産んだ。女の子だ。花のかんばせだ。
『おれたちの子じゃ』
熊は喜んだが　次の日には赤子は白百合になった。熊はもう　子は産めないと言った。そうかい　と俺は言った。
『ねんねのお父さは　何処さ行った……』
熊は　白百合を抱えると　吹雪の中を出ていった。それきり帰らない。そもそもここは

何かが帰って来るような　場所じゃなかった。そういうこった」

※青森県民謡「おらのおんぼこ」から引用箇所があります。

あるメメについて

ペニトスの本名はメニカヤノヴァカメン・タナカドト・ペナイトリンゴスといって、メニカヤノヴァカメンは名字みたいなもので、タナカドトはいわゆる父称、ペナイトリンゴスが名前にあたる。ペニトスは彼の愛称だ。ペニトスは自分が純粋なメメの血を継いでいないことを気にしていて、かなりのナショナリストだ。というのも彼のヤカメナ（つまり、母の母の母の母の母）がタナカジュンイチという男とケッコンしてからメニカヤノヴァカメン家は正統なトーカムの座を奪われ、メメで最も大きい山（ダスタラタ山）の向こうの屋敷に住まなければならなくなったから。もちろんカチで移動できるメメにとってダスタラタ山の向こうだからといって都までかかる時間が変わるわけでもないし、今のメメではトーカムだからといってマダが許されるわけでもない。ただ名誉として、血筋の美が都を統べることが常たる世に生きるメメとして（というのはペニトスの口癖だ）、彼は自分の血にほんのすこしでもメメ以外の貧弱かつ醜悪な血が混ざったことが許せないのである。

というわけでナショナリストであるのに純血のメメではない彼はしばしば理想と現実の差に苦しみ、そんな状況を作り出したタナカジュンイチとメメ以外を愛したヤカメナを恨むことでさらに自分のナショナリズムを加速させている。彼は繊細で、気難しく、神経衰弱で、詩人に向いていると常々言ってみるが、彼は都の公務職員として最新機器の取り扱いがわからない移民の老人たちをしかり飛ばすことに大きな満足感と達成感を感じており、また詩人なんてものはメメの血の混ざらないもの（例えばあなたのような、と彼は肩の近くを飛び回る電球で私の顔を照らす）がやるべきだと主張するので全くもって嫌味な奴であるが、私は彼のそんな手に負えなさもまとめて愛しているのでいつも寛大に彼の電球を撫でてやる。

そんな彼の目下の最大の悩み事は自分がメメ以外の女とおそらくケッコンすることになりそうだということで、彼は口先では本当に嫌がって見せるが実のところ、彼自身のフィラメントの奥底ではそのことについて納得しており、私のことを憎からず思っているのだ。ペニトスはナショナリストでありながら純血ではなく、かつメメ以外の女に性的関心を持たないと言いながら私の白い二つの乳房と弧を描く恥丘、ふくらはぎの優しい曲線に異様に興奮を寄せる。タナカジュンイチの血が混ざっているからに違いないと彼は毎回自分の欲情に深く傷つくが、その苦しみが私を惹きつけるのである。彼は限りなくアンビバレントで天邪鬼なメメなので、やがて生まれる我々の子供に半分もメメ以外の血が混ざっていることについて、苦言を呈しながらも深く愛してくれるに違いないという確信がある。

しかし彼のナショナリズム的な一面が半血のメメである子供を傷つけないかという不安も同時にあるので、彼が自らの信条を捨て、メメ以外への威圧的な態度を反省できたら求婚に応えるつもりだ、と伝えたところ彼が私に手紙を寄越した。それは手紙というよりは一編の詩で、旧式のメメのことばで私への愛が綴られていた。達筆だし文体さえ優雅だったが、内容はというと愛のしるしに二人で新たなメリンを作ろうとか割と月並みなことが書いてあってかなり笑えた。

診察室

男は身長185センチ、痩せ型で、黒くてうねる髪は短く、口元にほくろ、目元に小さな傷がある。この男が運ばれるようになって六回目に気づくことができたほどの小さな切り傷である。

ほくろの位置もまつげの長さも腕の血管も全て判で押したように同じなのに、目元の傷の位置だけ毎回微妙にずれているのでどういうことかいつも男を運んでくる清掃員のような格好をした男たちに聞くと「傷だけは毎回我々がつけていますから」「作業の過程でどうしてもついてしまうんですね」とのことだった。男はいつも瞼を閉じていてたった今眠ったような安らかな口元をしていた。私は男の胸を拓く。今はもう見慣れているから当然だが初めて拓いたときも凄まじい既視感があってあれは何だったのか、それに変な話だけど顔を見たときには何も思わないのに胸をメスで拓いていくときには私はこの男を知っている。とか思う。心臓だけ取り出す。他は要らないのだという。こちらで引き取って廃棄しますが、という申し出に私は毎回ではお願いしますと頭を下げている。胸を拓かれても男は厚い唇を柔らかく引き結んで、私は回をこなすごとに触りたくなってくるけど清掃員のような男たちも同席しているから変な真似はできない。ただ拓くことは私にしかできないし、拓いているときの私は男と一対一で、そして上から覆いかぶさってこの男を暴いていくというのは支配している感覚みたいなのがすごくあってこういうのは気分がいい。何度もやっているからメスを入れる瞬間に緊張はなくて、ただ、（あ、今日はまっすぐ切れた）とかそういう雑念に混ざって強く頭の中で（愛とは支配だ！）という声が響く。

そんなことが三ヶ月くらい続いたらたまに夢を見るようになって、夢の中で私は下ろしたてのスカートを履いて、昔よく行った街の駅前で佇んでいる。すごくいい天気で曜日とかはよくわからないけれどあの感じはおそらく日曜日だと思う。しばらくすると前から男が歩いてきて私に声をかけ、二人は談笑しながら街の人混みの中に消えていく。街路樹の葉は鬱陶しいほどに青々しく、風が強く吹いて私たちのときたまの沈黙を邪魔していた……みたいな何となく牧歌的なショボい夢だけど、私はこの夢を見ると次の朝必ず失恋したときみたいに（いわゆる世間一般的な失恋後の感覚として）胸がぐっと縮まったような感じがして布団の中でシクシク泣いてしまう。そういう日は診察室に男が運び込まれてこないことを願うけれど、心の底では男に会いたいような気もしている。よくわからないけれどそういうことを恋と呼ぶんじゃないかって、最近頭の片隅で思うことが多くて、そして恋がしょせんその程度のものならばそれは私にとってけっこうな救いになるんだけどな、とか思ったりもする。

女神像

二体目の女神像はかなり大きかった。

上背は台座も含めておそらく2メートルほどあろうか。前のはけっこう小さかった（それでも私よりはやっぱり大きかったけど）から、意外だった。

でも、すごく綺麗だ。私は声に出して言ってみた。すごく綺麗だ。女神像は、そうかな、と首をひねったふうで、大理石はつるつるだった。

一体目の時と同じように、私は数日間、昼夜それを眺めて過ごした。視線とは今私に許された唯一の行為であり、それ以外で私はそれに干渉するすべを知らない。うぶなので、あるいは。私の女神はやはり完璧。

それでも私は逆らえない。ハンマーと鏨。力強く打つ。つるつるの大理石がこんなにも硬いという前と同じ驚き。肩が、足が、鼻が破られ。乳房もいらない。こんなもの。叩く。

それでいて、撫でる。たまに罵倒する。こそぎ落とす。全ての要素はいらなくて、もっと調和しなければならなかった。今回の女神像は大きかったので、とにかく時間がかかる。それでも手を動かし続けていれば、確実に女神像は丸くなっていく。丸く小さく。海岸に打ち上げられた石みたく。手のひらの上で女神は石みたく。

小さくなった女神を私は恥丘に押し当てる。今回こそ、と思うし、違うかもしれない、とも思う。女神像は陰核を通過して膣口に到達する。私は緊張している。しかしこれが私にとって一番苦しくないということを私は諒解している。女神像だった石は私の中に、私を一切傷つけることなく理解がなされて、解けて膣の一部になった。それで元の女神を思いながら背の高い男が好きだったのだとか私は言う。女神が私の中に解けた後でも、目に見えた変化はなくて、ただずっと、なんとなくお尻の辺りが緊張している。

額縁の多い家

額縁のあまりにも多い家には注意が必要です。

家主は、あなたを監視している。しかし、家に入った途端あなたは思い出すでしょう。唐突に肩を叩かれるでしょう。後ろから抱きしめられるでしょう。男の馨しい香り。

あなたは

急いでバスルームに行く。それはまさしく、風呂場というよりもバスルームと呼ぶのがふさわしいような白さであなたを迎える。バスタブには男が浸かっている。ゆったりと、膨らみ切った風船のようにぱんと張った腕が泡の中に見え隠れする。男はあなたに気づくが、すぐに興味のない感じで髪をかきあげる。その黒い脇毛の密集にあなたの顔は吸い込まれていく。

男と一緒にキャットウォークにいる。舞台では五歳くらいの小さな女の子たちが白いチュチュを纏って行ったり来たり、くっついて、離れて、雛鳥のようにあんたらの不埒な姿を隠すダンスをしているんだろうよ。あんたはずるいよ。知らない顔をしている。暗くて狭いキャットウォーク。熱を放ったスポットライトの後ろで遊ぼう。男という緞帳にあんたは巻き込まれ、客席からは見えなくなる。それなのに、まだ無知なふりで嫌がった素振りを見せるあんたを、白鳥の女の子たちだけが見ているんだったよ。

清潔なベッドに横たわっていらっしゃる。深く沈み込んでいるのは人がのしかかっているからです。図体の大きな医者はポマード、シルバーの眼鏡、いやに清潔な眼鏡、白衣の大きなしみ。倒れ込んだ先のシーツにも黒く丸い汚れがありますね。これは何でしょうか。黒というより赤でしょうか。シーツに皺が寄ってしまいます。

ダイニングも、ベッドルームも、キッチンもいずれもそこではない。男は濡れた髪を拭きながら廊下を歩く。これからプールサイドに向かうのだ。

凸凹道には恋が多いの段

凸凹道というのがある。

そこは上に上がるエネルギーと下に下がるエネルギーの両方が発生していて、恋が多い。凸凹道はただ下に下がるだけじゃなくて上にも上がるから、恋が多いでしょう。単純な上り坂下り坂では上手くいかなくて、だから日本には山が多いけど世界的に見て恋が多いというわけではない。上り坂、下り坂はそれぞれ上がるエネルギーと下がるエネルギーが一個ずつ作用するだけなのだから。

点字ブロックほど凸凹が小さいのでも駄目、足拭きマットみたくギザギザなのでも駄目、とにかく凸凹道でなくては。起が上に、伏が下に作用する凸凹道でなくては。

凸凹道でエネルギーが発生する理由は地球に重力があるから。そして水晶体の表面張力にもある程度は関係する。これは専門的なことなので省きます。凸凹道で足が上に上がると欲望がエネルギーとしてうねり、上りきったところで一気に解放される。そして下に下がる時にカタルシスとともに戦慄がやってくる。欲望解放戦慄・欲望解放戦慄・こうして恋は生まれてきました。

しかし、道路が整備されていくにつれて凸凹道と共に恋は消えていってしまった。そこで取り急ぎ、物語に出てくる「揺らぎ」を恋ということにしました。その影響で、ただの空間の共有であった人生は人々の間で次第に物語ということになっていく。そして物語によって恋が作られるのだ、という間違った社会通念が生み出された。こうして恋は物語のものになり、久しく凸凹道のエネルギーが生み出す本当の恋というのは忘れ去られていたわけです。

ところが一昨年、定食屋の既婚率の高さから、卵の殻を割る時の手の上下の動きが凸凹道と同じエネルギーを発生させるということが発見された。これにより安定した恋の発生法を確立させると共に、卵を割る機会を全国的に増やしていくことが義務付けられました。

こういうわけで、中学生になった皆さんの水曜四時間目には必ず卵割りの授業が行われることになったのです。

板橋区

「歯磨き粉をひりだす。涙をひりだす。どちらも難しいと思う。今日の夜はブラウスを切って好きな形の近未来人みたいな服にして街を歩く。靴底をすり減らしながら歩くとき、私なんかは『我々はみんな時限爆弾を抱えたまま歩いている』とか思うのに、誰も気づいていない」

――時間が経ってどうにかなるのではないんじゃないの？　ずっと同じだったんだから。

「どうしても自分が何者にもなれなかったことの責任を誰かに取らせたい人が多すぎて、それでもやっぱり許せないし、許せないし、許せないし、許せないし、許せないし、許せないし、許せないし、許せないと思う」

――じゃあ正解のカードを最初から教えてあげればよかったんじゃないの？　最初からこだよって、殴ってでも教えてあげればよかったんじゃないの？　それって結局……

――結局なんなのでしょうか？

立ち止まってしまったので、私も一緒に立ち止まって考えてあげようかと思ったけど、正解のカードが濁っていくのでやめた。私はウンウンと考えるふりして、その間に怯えかしら？　諦め？　あ、逃げ？　とか色々提案されたけどそのどれも違うんだなあ、傾斜が不十分なんだなあ。

（部屋に知らない人がいる。今朝服を着ていて気がつきました。Mサイズのストッキングに私の脚は入らない。私の知らない女がいる。気がついたら今までの不思議だったことすべて合点がいった。全部その女のしわざだったというわけだ。

私のいない時にだけこの部屋にやってきて、Mサイズのストッキング落っことして、ピンクと白のしましま靴下の片っぽ持って行った女。片っぽだけ持って行って何に使おうというのか。きっとネズミの家にするのだ。その人はちょっと臭うネズミを飼っていて、ネズミは残飯などを食べるから餌代がかからなくて飼いやすいとか聞いていたけど、冬になったら寒がりのネズミは震えていてかわいそうだからサンタクロースのプレゼントから着想を得て片っぽ靴下に入れて暖かくしてやる。そういう理由だったら許してもいいと思うけど、残された私の足より短いMサイズのストッキング。ストッキングは掃除に使えるけれど破けたストッキングってこの世に実はあまりなくて、けれどこうして掃除に使えるストッキングが手に入ってても掃除する必要のある部屋なんてものはこの家にひとつもなくて、この家には清潔でない部屋なんてひとつもなくて、そのことについて人生とか言うつもりもないけれど、それでもやっぱり世の中の回り方はそういうふうだと思う。誰に見捨てられても私はここにいたいと思う

歯ブラシの先っちょの部分が醜く割れて掃除用具みたいになっていてまたあの女のしわざかと思ったけどあの女は私の部屋にしか入らない、洗面所に来ることはできない、だから他の誰でもない、そしてやっぱりこの世のどれもこれも、全部私がやったんだった。全部私のせいだったんでした。思い出せました。思い出せて、死ぬ前に、良かったと思います。家族みんな元気で、家の中すべて清潔で、全部私のせいで、良かったと思います。）

ダイナちゃん

　ここんところ、ダイナちゃんは姿を見せない。部屋に入れないようにしているのだから当然だ。今までだったら私が深夜〇時ごろに家に帰るから、そのときまでに部屋にカラダを滑り込ませておけばよかったダイナちゃん。最近はもう早い時間からこの部屋の四隅に綿を敷き詰めてしまう。誰も入れないように。意地悪をしているわけではない。どこか別のところに行ってみたら？　思いやって、そう助言する。

　優しくしてもらいに来たんじゃない……と、ダイナちゃん、太い尻尾を丸めてうつむいてしまった。机の上のパソコンの青白い光を浴びて、ダイナちゃんの尻尾の鱗が見える。

「ダイナちゃん、どうして女の言葉を喋るの？」

「あんたが寂しくないように」

　来てほしいなんて頼んでませんけど。

「あんたがそんなんなっちゃったら、私、行く場所ない」

私の部屋の出入り口が、日に日に狭くなっているそうだった。ダイナちゃんが毎晩入ってくるのに使っていた、部屋の角と窓の間の認識の穴がどんどん縮まっていて、ダイナちゃんはカラダを滑りこますことができない。

「三丁目の方に居心地の良さそうな家があったよ」

ダイナちゃん、鱗を磨くのに使っていたタワシと寝るとき用のタオルケット、風呂敷に包んで帰り支度をした。

「帰る？ 出てくのよ。森にも帰れないのよ」

あんたのせいで。あんたがそんなだから。部屋の穴もどんどん閉じちゃって。私も友達のカブトムシも、入ってこられないんだから。いいのかしら。それでいいのかしら。何も入ってこられないって、すごくひもじい、みっともない、この部屋どんどん閉じていって、最後には小さな球になって、真っ白な球体になって、雨で川に流れて、そのまま海に行って、魚に食べられて、それでその魚を食べたプテラノドン、私が食べるわよ。最後には私が食べちゃうわよ。この部屋。あんたの心の強度に合わせて、柔らかく、硬く変動する、パパとママの寝室の隣にあるこの部屋。生活と結びついているこの部屋。生活からは逃れられない部屋。朝起きてから夜寝るまでずっとママとパパの話し声が聞こえる、生活の部屋。生活を押し退けてまでダイナちゃんを追いかけてはいけなかった。私来月も再来月も、この部屋の扉を固く閉めるよ。二十三世紀の私がまた十四歳になった頃、ダイナちゃん、迎えにきてください。

ミュージアム

大丈夫。君のことはお父さんが全部なかったことにしてあげるからね。

（寂しい、寂しい）（寂しい）（寂しい）（寂しい）

まじないは気持ちがいいと考える。新しい靴。新しいコロン、新しいデミグラスソース。新しいコーンスープ、新しい睫毛。そういうのを何度も何度も何度も何度も何度も繰り返してようやく一人になれる。はじめから全部なかったことになれる場所。大丈夫だよと言っている、新宿区に住む偽物のお父さんの赤ちゃん用ビスケットとネコの絵。お父さんは若くて細くて品のある声。このネコは何をしているところでしょう？「――」、ひらがなで答える。偽物のお父さんは怒らない。清潔な白いシャツとエプロン。

頭の中にとあるイメージがあって、夜の繁華街で男を殴っている。黒い革の鞄で激しく殴打して、しかし殴っていること自体はさほど重要ではなく、とにかく叫んでいる。何と？

繁華街の光を浴びて、馬鹿野郎とかようやくわかったかとか、そういうことを叫んでいる。ようやくわかったか！　私はわかっている。全てをわかっている。なのになぜ今までお前は気付けなかったのか！

その気になればいつでも醜悪な生き物になれるのに、そうしないでやっていた。お前のために。本当だったらお前のように、力強き腕で、愛とは力が強いことだ、証明したかった。それができない身体というだけでどうして、こんなに苦しまなければならないのだろうか？　お前にその権利があって私にないのは何故なのか。叫ぶうちに私の身体は肥大していき、鋭い牙と爪が生え、身体中汗と血の毛むくじゃらの獣、全て包み込めるくらい大きくなって、腕の中に閉じ込める。覆いかぶさる。つき入れる。牙をたてる。押しつぶす。のしかかる。

（全て初めてしまえば簡単なことだった！）

やがて新しい朝が来る
ミュージアムはすぐそこだ
お前を引きずって歩いていく

ベルトコンベアの上には型がたくさん置いてあり、大抵は真四角だけどたまに丸とか星とか三角とかのものもある。その前で腰を曲げて、顔をその型に当てはめなきゃならない。丸、四角、四角、四角、丸、星、四角、三角、卵型の顔を変えるのはそれは大変でしょうよだって、脳ですよ——

一緒に暮らしていたはずの義理の弟、名をたかしという、貴いと書いてたかしという、なぜ弟は義理の弟なのかというとたかしの想像上の父親と私の想像上の母親がクリスマス・イブに再婚して私とたかしは想像上義理の姉弟となってしまったため想像上の同居生活を行う。想像上のたかしと同居生活を始めるにあたり、まず決めるべきことがあった。姉貴と呼んでもらうべきだろうか？　それとも姉ちゃんだろうか？　姉ちゃんひとつとってもねーちゃんという感じの姉ちゃんとねぇちゃんという感じの姉ちゃんがあって、果たして私はきちんとたかしの想像上の姉になれるだろうか？　たかしはたかしで悩んだ末にたーくんやたっちゃんではなくたかし、と呼ばれることを選んだようだった。選んだようだった、わけではなくたかしには自分の気持ちというのがないので、それがあることを私が許さないので、やはりたかしのことをたーくんやたっちゃんではなくたかしと呼ぶのは私自身が選んだことだった。そしてたーくんやたっちゃんと呼ぶなら姉ちゃんだけど、たかしと呼ぶのなら姉貴と呼ばれるべきであった。

姉貴とたかしは想像上の練馬区の一軒家で暮らした。姉貴とたかしはそこそこしばらく不自由はなかったけど、たかしがサッカー部の練習で帰宅が遅くなってからはたかしが何故か毎日擦り減る感じがあって、実際たかしはどんどん薄べったくなった。（たかしが擦り減った理由を私は知っている。）姉貴は姉貴で忙しく毎日卵型の顔をいちいち形を変えて型に押し付けたりしていたのでたかしが薄べったくなっていくことに構えず、ただ少したまに気にしてはいたので数日おきにたかしの身体の厚みを測ったりした。（しかし、たかしが擦り減った理由を私は知っている。）

一ヶ月もするとたかしは布みたいにへろへろと家の中を歩き回るようになってそれが姉貴をかなりいらつくというか不安定な気持ちにさせた。フェルト地くらいになってしまった義理の弟たかしは二週間くらい前から射精も勃起もできないと泣いた。そんなの当たり前だと姉貴は怒鳴って、そんな、紙みたいな想像上のちんこで一体何ができると思ったのか？　姉貴は恥ずかしい気持ちがいっぱいで想像上の義理の弟の紙みたいな身体をその場で折りたたんで本棚の隙間の見えないところに隠した。弟はこれじゃあちんこが触れないと尚も泣いて、数日くらいするとその泣き声も聞こえなくなって家の中は静かになり、それで思い出したのだけど、最寄りのコインランドリーまで逃げ出した男を、私は連れ戻しに行かなければならなかったのではないだろうか？

そうですね。一人の時が多いと思います。というより、誰かといるときは、出てこないんじゃないかと思います。

――どういうふうに出てきますか？

出てき方というのはないんです。えっと、出てくるというのは正しくなかったですね。とはいえ、ただそこにいるというのもまたちょっと……なんと言えば良いのか。とにかく、やってきているわけではないんです。彼はその状況を、状況を……ああ、頭が働きません。すみません。

――一人ならいつでもですか？

いいえ。まさか。どのようなときだと思いますか？

――身体でしょうか？

ああ、言うなればそうですね。多くは、入浴時です。あとはトイレの中とか、そして月経のときが特に、多いようではあります。

——理由はありますか？

これはやはり……いいですか、性的な興味があるのではないかと思います。おそらく、私の裸に。月経中の私の身体に、彼は催すのではないか。聞いてみたこともあります。

——彼は何と？

もっと飛べる、と言っていましたが……「羽なしの方舟に羽があったところで、飛べるわけではない。」

——そうですね。その通りです。

まさに。

——でも彼は言うのですよね。

私に飛んでほしいようなのです。私の裸を見て言うのです。そういうときは、いつの間にか高いところに我々はいて、彼は飛んだら良いと言うのです。でもおそらく、一緒には飛ばないのですが。

——そしてそうしたんですか？

性的な興味というのが気になりました。彼は勃起していて……もちろん見えないのですが勃起していることはわかるのです……彼は私の月経が好きだ……

——どうしてあなたがここに？

ああでも……飛ぶことの方が実際大切だ、でもそう何度も飛べるでしょうか？　一度飛んで限界を知ってしまうとあとが怖いし、高く遠く飛ぶのはやっぱり、羽がある人にだけできるのだと思います。でも羽がないからこそ飛ぶことが重要になってくるというのも確かで、もっと違う世界が我々は見たいのですよね。月経や勃起に頼らずに、違う世界が……とするとやはり禁欲者が一番強いのでしょうか？　そんなわけないです。そんなの可笑しいです。身体がすべての理由なのに、禁欲とはこれ、笑わせます！

——チャイムが鳴りました。

最後にいいでしょうか。

——何か？

何でだと思いますか？

——はい。

何であるんだと思いますか？

——質問の意味がわかりませんでした。

わからないふりをしているだけだと思うのですが。
——そうですか。
彼に会えるといいですね。
——いいえ、私は飛びたくはありません。

ねぎの日

道路は、遊び場ではなくて、
妥協は、通過ではなくて、
ねぎは、焼き場から持ってかえる。
今日は、ねぎを持った人の大群が、みんな駅から出て行ってしまい、青い方が鞄から飛び
出して眺める。雨降りのことを思い出して、長かったなと思う。
私も、ねぎを持ってかえろうとか思ったけど、パトカーが見ているし、ねぎを、持って道
路を突っ切ることの恐ろしさを思ったら、ねぎを、持たない孤独の方がはるかによいので
ねぎは、あの人の武器になりうるし
でもねぎって、どちらかというと女に似ている。
女に、似ているねぎで殴打されたくない
あ　おい　ハトが死んでるよ

朝だったよ？　全部は
お前が忘れてただけだよ

（正しくねぎを持って、耳のない男。ねぎはぶつためにあるのではない。耳の後ろを優しくなでて、耳があったことを思い出す。ねぎが首をなでるときの臭いで思い出す。男。耳のない男。上の階から声が漏れ聞こえている。）

東京特許許可局長は

東京特許許可局長は今日も許可却下したが許可却下したかったから許可却下したのではなく、許可申請内に虚偽の強調の恐れがあり、そういった意味では彼もまた行政の犠牲者と言えるだろう。

許可局長はバナナと柿と参鶏湯を食べたが参鶏湯の方は言い間違いで（彼「本当はサムギョプサルが食べたかった」）、バナナの方は貰い物だった（彼「なぜこのバナナはこんなに小さいのだろう？」）ので、昼食時の彼の満足はあまりに熟して柔らかい柿だけだった。貰い物のバナナがかなり小ぶりなことを許可局長は昼食をとっている部下たちに伝えて回ったが、みんな口を揃えてそのバナナは大きくも小さくもないと言うのだった。許可局長は眉を上げて肩をすくめて、一生懸命にどうして？　というポーズをとったが、部下たちは顎を上げて目を細めただけだった。彼の記憶ではこういうことは何度もあった。言いたいことがある気がしたが、思い出せなかった。しかし、言いたいことはいつもあった。我慢するたびにバナナはどんどん手の中で小さくなっていった。しょぼくれて、縮みきったバナナをこれ以上小さくなる前にと急いで剥いて食べたが、いい味はしなかった。
あらかたの許可と許可却下を終えると、許可することも許可却下することもなくなって、それでも言いたいことはまだあった。
彼「普通の意味を……」
彼「どこからも弾かれないことの幸せを……」
部下「局長、バナナは？」
彼「さっき貰ったが」
部下「まだあるんです」
彼「今度は普通の大きさ？」
部下「どうでしょう？　どう思われますか？」
呆れた顔の部下からもう一つバナナが授けられた（彼「なぜ縮むのだ？一体なぜ？」）。
彼は大きな椅子で小さなバナナを剥いた。
彼「椅子が大きすぎる気がしないか？」
部下「どうでしょう？」

彼「普通の意味を……幸せを幸せと呼ぶことの不自由を……」

剥いたけれど、食べられることのなかったバナナはどんどん縮んで気付いた時にはなくなっていた（彼「不自由だ。これではあまりにも不自由だ。では、なぜこんなにも不自由なのか？　についてまず考えねばならない」）。バナナの謎はまだ謎なのだったが、やはり椅子が大きくなりすぎて部屋を圧迫していた。

お前風俗行くなよな

ふるい時計が私の背中をせかす。私をどこかに連れてって、のドライブ以外何もできない身体だったよね。

虫、虫虫
風をどこか遠くに集めて
優しい声が聞こえた
同じ目線　雑にだけはしない
お前であることを
いつかは何もかもをできる身体で
お前に会いに行く
仲間に加えてもらうために

そして「お前風俗行くなよな」
それだけ優しく伝える
自分を大事にしろよ
見栄なんて捨てろよ
二人で旅行にいこう
あいつらに構わないで
それでお前のつらさが紛れるわけではないが
カーラジオから愛は勝つ！　という歌声が聞こえるから俺とめるよ

ミチミチと雨が降る音が聞こえる。積まれたゴミ袋の上に男が立っている。女の死体を埋めに行く。女の死体を埋めに行く。お前風俗行くなよな。ゴミ袋はどこにでも転がっている。ポイ捨てをしても誰にも怒られない。お金を払うことなんてない。捨てるだけならどこでもできる。でも俺は今、お前が望むゴミ袋を持っていないから、二人は女の死体を埋めに行く。

今年十七歳になる孝志には

今年十七歳になる孝志には最近悩んでいることがある。常に誰かの視線を感じるのだ。学校に行く道。昼休みの廊下で。放課後のバンドスタジオ。休みの日、ギターを抱えてつまびく時。自分の部屋で性器に手を伸ばすような時。

野球部の同じく今年十七歳になる亮平は孝志の言葉にちょっと笑って、「考えすぎだ」と言った。

亮平は背が高い。昔から高かったわけじゃない。いつから高かったか、よく覚えていない。少なくとも今年の春までは、こんなに大きくはなかったはずだ。気づいたらものすごく大きくなっていた亮平に、それもやはり不思議であるのに、本人が気づいていないらしいことも孝志には気にかかった。彼らはいつも見ている。見るという行為の無責任さにやめられなくなっている。見るためには作り出さなければならない。孝志：バンド活動をしている高校生。亮平：野球部のエース。全て記号としての体つき。街からいなくなった亮平の彼女である明美、幼馴染だったのに。

孝志は幼い頃から決まって見る悪夢がある。宇宙人に連れ去られてしまう夢だった。宇宙人は全員シルバーかピンクのてかてかしたスーツを身に纏っていて、孝志を手術台に押さえつけ、服を脱がせ、いつもはそこで目が覚めるが、今日は初めて続きがあった。

「変な注射器なんだよな」

「刺された？」

「胸のところが……」

空き教室の椅子にもたれた亮平はハハアと笑った。宇宙人たちは言いたいことがあるみたいだった。孝志はこれ以上、続きを言うのが憚られたけれど亮平に聞いてほしいような気持ちもあって、それは何故だろうか？　答え：宇宙人たちにそう思わされている。

「俺はそうは思わない」

そうだろうか？　宇宙人たちは言いたいことがあるみたいだった。亮平は孝志の左胸の乳首を触っている。デフォルメされたペニスが絡み合う様子を覗き見ているつもりの彼ら。無関係なつもりの彼ら。彼らは言いたいことがあるみたいだった。注射が打たれた左胸から母乳が止まらない。記号としての体つき。亮平のちんこが入っている尻の穴から正体不明の分泌液が止まらない。

「ちょっと待った」

俺のうんこどこいっちゃったの？

「大きい声出すと、先生に見つかるから」

亮平の手が孝志の口を塞ぐ。昔はこんなに大きな手ではなかった。不在とされた欲望は確かにやわらかアナルの形になって出現し、淡く柔らかな恋、切ない片思いに終わるセックス、テンポよく進む恋路、禁断というレッテル、すべてが加速していく中で、それをまなざす人は実害のない性に健やかに、爽やかに溺れていく。空き教室の扉が少しだけ空いている。その向こうにいる、てかてかスーツの宇宙人たちと孝志は確かに目があった。

孝志は亮平を突き飛ばして家に帰ると、身長150センチjカップの童顔の女が浅黒い肌の男に手痛く抱かれる漫画を読んでオナニーをした。布団に潜って、今晩こそは宇宙人の夢を見ずに、明日の朝に健康なうんこを出せるように。

赤いトランクを持った男

赤いトランクを持った男
重たそうに運んでくる
お母さんは二十年前その男に会って
開かれたトランクから球根をとった、一つ
これにする、これにするよ
ハンカチで包んで持って帰った
夜な夜な一人で歩くのだった、男は
赤いトランクを引き摺って
隣のお姉さんのところにもやってきた
たくさんの球根、球根一つ一つのこれから
お姉さんはどれも要らない（気に入らないのではなく）

男は一つ選び取ってお姉さんに握らせた
でしたら、川に捨ててください
翌朝お姉さんは捨てに行った
川に反射する、朝日を浴びる球根
昨晩男の手のなかで、ふっくらとしていた球根
で、結局お姉さんは捨てなかった
埋めたりもしなかった
しかし、そのほうが残酷だった
疲れた晩などに眺めたけど
ある日腐った、とお姉さんは笑った
いい暇つぶしにはなったから
赤いトランクを転がす音が響いて、
「ここは優しい世界です」と男が教える
私はそこに行くことはできません
赤いトランクを持った男

今夜も想像して
怖くて羨ましくて泣いています

早稲田大学まで

山手線内回りに私が乗っていた。私は女だった。女は二〇代だった。女はまた、細身だった。女は化粧が濃かった。

二〇代の細身の化粧が濃い女「左、右、左。親指を交互に動かす。たまに、間違えそうになる。私は最近生理が軽くなった。血をたっぷり吸って重くなったナプキンを捨てることが減って、代わりにまさにこれが適正量と言わんばかりの、ナプキンの内側にきちっとおさまる分だけの経血が出て終わりだった」

〈20～30代になると子宮や卵巣が成熟期に入り、妊娠・出産の準備が整います。一般的に生理痛は軽くなるといわれていますが、個人差があり、重くなるという人も。〉女性のライフステージと生理痛―生理痛のはなし―EVE(イブ)【エスエス製薬】

二〇代の細身の化粧が濃い妊娠・出産適齢期の女は電車を降りて、ラーメン店に並んだ。店の中から二〇代前半くらいの細身の大学生らしき男が、ラーメン店に並ぶ二〇代の細身の化粧が濃い妊娠・出産適齢期の女をじろじろと見た。女も男をじろじろと見た。（大学生らしき男、おじさん、おじいさん、女、作業員らしき男二人）

カフェでは三〇代くらいの体つきがしっかりした男が、同席している若く小綺麗な女に説教をしていた。二〇代の細身の化粧が濃い妊娠・出産適齢期の女はその隣のテーブルで、ストローの袋を弄んだ。三〇代くらいの体つきがしっかりした男は「勉強は若いうちにしなくちゃ本を読んで自分を磨かなきゃ昨今世界は物凄い速さで変化しているんだから」と話して、隣のテーブルの二〇代の細身の化粧が濃い妊娠・出産適齢期の女はそれを盗み聞きしてその通りだ、とか思った。そして、そんな当たり前のことを大きな声で話さなければならない男と、それを聞かなければならない女がかわいそうになった。彼らを、三〇代くらいの体つきがしっかりした男と若く小綺麗な女ではなく、ただそこにいる二人、と呼んであげたくなって、隣を向いて、あなたたちはただそこにいる二人ですから、何もご心配なく、私もただそこにいるその人でありますと宣言して席を立った。

その言葉を聞いた彼らは一〇センチくらいの赤く、柔らかな肌を持った生き物になって、私の手のひらの中にしゅるしゅると収まった。それを今日持ってきているので、優しく抱っこしてあげたい人は後で私に声をかけてください。

正しい朝

1　嘘が五個、枝豆の速度で風呂場を運ぶ。（怪獣はどこ？）毎週日曜日に便座を洗わないから、体重計にアイス置いたおじさんは怒ってる。俳優のミハエルは愛情を惜しまない。（ミハエルの長い髪は顔を隠したいから？）（子どもだから？　あるいは？　もういないから？）

2　ミハエルはギターで私はベースだ。人生の関わり方がそうであるのも、ミハエルがギターで私がベースで、ミハエルが関西人で私が板橋人で、そのためだった、おそらく。ミハエルはそのことを知らずに今日も男が産んだ卵を温めて食べている。恐ろしいことだ……とても。

3　夜の午後、ミハエルは起きてEXILEの曲に合わせてコンドームをつけてみせる。ミハエルのおケツが削れてねずみとチーズになる。それを見る私と、怒ってるおじさんと、タカシと亮平とアザラシ先生。悩みはある、とアザラシ先生。悩みはある、いつも。（い

つも）（いつも、いつも）
4　言いたいことはいつもある。カラオケも、泣いてるサムライジャパンもタカシも亮平ものび太くんもヨーダも、ケンシロウも波平も半沢直樹も、言いたいことはいつもある。どす黒いパンツに白いパンツ。助産師のレミさんは繰り返す、「ミハエルの子どもを産んでみなさい？」
5　二十一センチ羽なしの方舟に羽がついていても飛ぶことはできない。ミハエルを椅子に縛る。飛ぶことがないように。格子付きの窓からは中が見えてしまう。どうしても産みたくないミハエルのミュージアム。「彼の隠毛を剃ってあげなさい。産まれてくる赤ちゃんが食べてしまわぬよう……」
6　ここから出たい、ここからは出ない。ここから出たい、ここからは出ない。暮らしに何の変化もない新しい正しい朝が来る。
Outro（ミハエルが去った後の強烈な寂しさは、大きなウンチを出してしまった後にかなり似ている。ミハエルはかなり髪を伸ばしている。私はその髪を左右に分けて草の根っこを見るように、海を知らない子どものように、じっと顔を見てみたいと思う。魚の眼と見つめ合うような正直さで）

僕はエルフ

僕はエルフ。ノートの一ページ目にそう書いてあった。指に吸い付く、沼部のノート。書いたのか。沼部が本当に？

学校の帰り道はやや薄暗くて、木の枝をもって貴が先行する。その後をイラつきながらついていく。貴、目覚まし時計のアラームみたいな耳鳴りがしますよ。大きな黒いランドセル。貴、貴、セーラー服と交換しませんか。

――月日は本当に長い間自転する。

(鈴の声音)

(鈴の声音)

(鈴の声音)

僕はエルフ。一体どうして？

僕はエルフ。エルフなんだよ。

僕は柔らかい。絡まる金の髪。遠くで目覚まし時計が鳴っている。

目を覚ますと、沼部が大量の羽毛布団に囲まれて唇の皮を剥いていた。黒くて鬱蒼とした髪の毛をかき分けて、耳に届く。内緒話がしたい。

（沼部の耳？）

（鈴の声音で話しなさい）

僕はエルフ。君が生み出せなかったエルフ。耳から頬に指を滑らせる。沼部のそばかす。この一つ一つをGペンで描いていくはずだったエルフ。ノートの一ページ目。一ページ目であることが大事なんだ、宣言をするための。この世界に向けて、こんにちは、僕はエルフ。あまり見ないで。僕の優しい金の髪。

――忘れられない幾つかの疑問が夜毎、成長痛と共にやってくる。

数学の時間も飽きず眺める（あまり見ないで）腕の黒々とした毛（僕の細く、弓を引くことしかできない腕。見ないで）、沼部の丸っこい指とＨＢの鉛筆、ふけのついた黒い学生服の肩を視界に入れるたび、私は沼部に乱暴をしている。机の上の目覚まし時計の音がどんどん大きくなって、先生の声をかき消す。

その時、教科書百三十二ページを音読していた沼部の声が教室のてっぺんで歪んで、ぼくはえるふ、と膨らんで弾けた。透き通った金糸の雨が机や黒板、掲示板に貼られた掃除当番表なんかに降り注いで、私のセーラー服を融かす。みんなは歓声を上げて気持ちよさそうに手や顔で雨を受けている。教室中がその雨に気を取られているうちに、机の上の目覚まし時計を両手で包んでそっと消す。

今日の帰りは前を行く貴を馬跳びで追い越して、そのまま大股で雲のほうまで歩くことにした。明日からは、沼部の本当の耳を見てあげたい。

Yの裂け目

Yの裂け目には月が出ている。

「これが俺の真実だ」とYは言ったんだった。

Yの裂け目に出るのは朝には沈む傲慢な月だった。

なるべく見ないようにしてあげたい。

数年前に切りつけられた傷口はまだ治らない。夜になると今でもしくしくと痛む。うみが出てくることもある。あまり無遠慮に触られたくない。けれど、全く触らないのも違う。

たまに無性に触りたくなって、一人で弄ってしまう。

裂け目の月を覗き込むたびYはそういう話をする。

消毒した手でYの裂け目を優しく開く。たまには少し乱暴に開く。

月だけはなるべく見ないようにしてあげたい。

7月9日、今日もYを思ってもいない言葉で傷つける必要があった。Yはいつもどんな言葉を恐れているだろうか。Yは治りかけの傷口を開いてしまう。

Yは私の胸の傷口に興味がない。そこを開こうとは思わない。見せることの一瞬の解放と、覗くことの苦労は全く遠いからだった。

私は出会わなかった何人ものYたちの、裂け目の形を想像する。裂け目から泥が出てくるYもきっといたはずだった。

私の傷口を調べてくれるYもいたはずだった。出会わなかった何人ものYたちの生活の動きと、今目の前にいるYの裂け目から飛び出す、酸っぱい汁の匂い。私はその汁を全身に塗りたくって、精神のありえないむず痒さで月に二回くらい気持ちよくなっている。

「殴るんですか」

「これで殴るんですか」

そうです・とアザラシ先生はいった。

「かっこいいでしょう」

「え？」

「その棒」

「そうですか？」

「かっこいいんですよ」

「そういうものですか」

棒を振りおろすとびゅんと風をきった。

「確かにちょっとかっこいいかも……」

「持って帰っていいですよ」

腰の後ろで短い腕を組んで、アザラシ先生はさようなら・といった。

「さようなら」

中井と一緒に家まで帰る。

《見えないランドでは月に一度のフライト、とても遠くまでいくフライト、長時間のフライトの用意があります。空を飛べる動物以外は、誰でも乗ることができ、見えないランドの友達、からだを大きくする薬、世界一周旅行、お前を押しつぶす雨の降る日。》

中井のアタマを一回殴った。

「痛い」

「そうなの？」

中井のアタマはかわいい。肩、脛毛などもかなりかわいい。

全身を棒でめちゃくちゃに殴打する。

中井は最初びっくりして、その後ごめんなさい、と二回続けていった。

「わかったか」

「これでようやくわかったか」

棒で殴ると一番気持ちが良いのは、中井の腹だった。

「観念しろ」

何度かこれをいった。

「観念しろ」

「観念しろ！」

「反省しろ」

「何を……」

たしかに、と思ってアザラシ先生に電話をした。

アザラシ先生、中井は何を反省すべきでしょうか。

からだのことです・とアザラシ先生。

「肉体のありようです」

「それを、反省するべきなんですか」

「ええそうです」

「だってさ」

中井はああみたいなううみたいな呻き声をあげた。

腹や尻の赤ぐろい痣を見ているると急に気持ちが冷めてきて棒を置いた。

「疲れちゃったな」

「俺も」

「ねえ」

もう一度棒を手に取った。

「これ、かっこいい？」

中井は腕を組んで首を捻った。少し考えていう。

「それは強い」

「強いのか」

少し寝る、と中井は薄いタオルケットに潜り込んだ。

ドライブに行こう

猿が穴を掘っている。山奥まで行く予定だと言う男。助手席にもう一人男。今日やるべきことは決まっている、と男。猿の赤い尻を見て話す。なるべく陽気なドライブにしたい。トラックが動き出す。女はタイヤのところに引き千切れて挟まっている。あ、今日もいる。運転席の男。またかよぉ、助手席の男。猿は人間の女に興味がなかった。置いて来られないの？　今日。無理だよ。置いて来る、とか修理に出す、とかそういう話じゃないんだ。いつも気づいたら居るんだ。勝手な女なんだ。美人？　いや……ふつうじゃないか。タイヤから男の顔は見えない。エンジン音に混ざってぼそぼそと話し声が聞こえるのみだけど、女はこのドライブを気に入っている。

山道は舗装された道より激しい。女はさらに引き千切れる。心配だな、運転席の男。天気なら、そう悪くはならない。助手席の男。猿が笑う。猿はタイヤのところに挟まった女にちょっかいを出す。血に濡れた髪を引っ張って笑う。やめてえと言いたいが口が潰れている。ミラー越しに猿を睨む。運転席の男。タイヤの女とドライブしてちょうど十回目だ。トラックを変えたら？　助手席の男。お前は何もわかっていない。運転席の男。仲間はずれなんて、破廉恥だ。カーブを切る。俺のトラックに現れた以上、俺の仲間にしてやるんだ。でも血が飛び散って不便だし、虫も集まるし、とても臭うじゃないか？　またカーブ。つづら折りをトラックは進む。優しくする方が、よっぽど破廉恥だ。助手席の男。タイヤに挟まって、このトラック、運転手の男と何処までも行く。女としては、この状態が破廉恥であることはとっくに承知だった。

　助手席の男を埋める作業は早く終わった。鬱蒼とした木々がトラックを取り囲む。猿は褒美のバナナ、男は煙草を手に戻る。一人にして悪かった。男はその日初めてタイヤを見に来る。後輪。血が地面に染み込む。女はいつもより捻れている。天気も崩れず、それなりに機嫌のいいドライブになった、と男。ただ今来た道を戻るとなると、引き千切れ具合が心配だ。体の一部を何処かに落としたりしたら、可哀想だな？　なるべく舗装された道路で、帰ろうか。タイヤから飛び出ている髪の毛を引っ張る。匂いを嗅ぐ。猿がカーナビを起動する。

井出の羽衣

眼鏡っ娘が好きな井出の眼鏡のつるは歪んでいてちゃちなアルミホイル、白くてほくろだらけの井出の顔面に大変よく調和している。
「紙風船が飛ばないんだ」
井出が言った。井出は眼鏡でガリヒョロで目が全て諦めたように落ち窪んでいて
僕、白いちょうちょを轢いちゃった
井出にはコメディアンとしての才能があってみんなに愛されていた。井出は紙風船を飛ばせなかった。井出は天女として欠陥していた。しかし、井出の羽衣は井出を包んだ。井出の首元には雪原についたうさぎの足跡のようなほくろがいくつもいくつも
いくつもいくつもついていて本当にいくつもいくつも
それは背中まで繋がっていくつもいくつも
私は井出の下顔面を舐めたことがあります

私は井出の
「母乳を」

「ぼにゅうを」

「飲んだことがあります」

「のんだことがあります」

「柔らかな」

「やわらかな」

井出の、細くて、白い腕と、小さな小さな尻の奥にあるはずの、か細い尾骨。羽衣を纏う井出の白い白いからだを、私は躰と書きたい。軀とも書きたい。

「僕、白いちょうちょを轢いちゃった」

（私には）

紙風船を飛ばせない代わりに、井出は自転車に乗りました。私は男の人が羽衣だけで自転車に乗れるのかどうか疑問でした。収まる場所のないペニスはサドルにとって邪魔ではなかったでしょうか？

（私にはペニスがないのでわかりません）

生暖かい背中に張り付くその風を冷たい秋の部分だけを流しそうめんのごとく井出は器用に手で井出はすくい取って井出は私の首に巻いた。

羽衣は前を閉じられないので、無防備な井出のペニス（ちんちんとは書けない）は健気で、頼りなげで、切なげで、私は勃起するところがほんとうに想像できなかった。羽衣の間にちらちら見える優しげなペニスが、ほんとうに、それなのだろうか？　それの目的は貫くとか破るとか吐き出すとかそういうことではなくて、もっと違う、優しくするためのものとして、例えば子供を産んだり私を包み込んだりしなかっただろうか？

（私は）

（あの日、私は井出の羽衣を盗みました……井出は今度は羽衣なしに自転車に乗らねばなりませんでした……羽衣がないといよいよさらに紙風船は飛ばなくて、井出は置いていかれた子供のように紙風船を持って立ち尽くしました……井出は泣くのを必死に我慢しているようでした……私は）

「泣いてもいい」　と言いました。

（しかし、私にペニスはありません）

「泣かない」

「なぜ？」

「その展開をもってあなたはますます……『させてそれを愛でれば、自分にもできると思っている』」

羽衣を失った井出のペニスは急速に勃起している。私はそれで殴られると思った。私は盗んだ羽衣を着る。井出は怒ったような顔でこちらを見ている。

紙風船は上手に飛びました――

（私にはペニスがありません）

（私には井出を殴打する力強き腕がありません）

（私には精巣も睾丸もテストステロンの1ng以上の分泌もありません）

（私には射精をして井出を孕ませるすべての権利がありません）


帰りは井出の自転車の後ろに乗っけてもらいました。井出のペニスは目の前でぶらぶら揺れて、私はそれを眺めていました。井出の力強き腕に抱きとめられて一切の身動きが取れないままに、井出の下で楽しい気持ちで死にたいと思ったのは、ちょうどこの頃からだったと思います。

インカレポエトリ叢書XIV
ぎゃるお
二〇二二年四月二五日　発行
著　者　青木風香
発行者　知念明子
発行所　七月堂
〒一五四—〇〇二一　東京都世田谷区豪徳寺一—二—七
電　話　〇三—六八〇四—四七八八
ＦＡＸ　〇三—六八〇四—四七八七
印刷　タイヨー美術印刷
製本　あいずみ製本

Gyaluo

Printed in Japan

ISBN978-4-87944-491-2　C0092